UNION COMMERCIALE

DE

BOULOGNE-SUR-MER

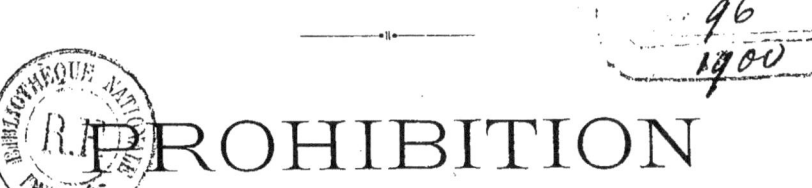

PROHIBITION

DES

SIMILI-VENTES PUBLIQUES

Interprétation exacte de la Loi du 25 Juin 1841

TEXTE COMPLET des Jugements en première instance

en Appel et en Cassation

BOULOGNE-SUR-MER
IMPRIMERIE L. BATTEZ, 5, PLACE DE CAPÉCURE
1900

LES SIMILI VENTES

PUBLIQUES

———◄••————

Nous connaissons tous, les annonces mensongères auxquelles ont recours depuis 10 ans, les déballeurs pour attirer le client naïf. Tout y a passé : décès, incendies, naufrages, faillites, héritage d'un bon curé embarrassé etc..., mais tout a une fin, la mèche est éventée, à force d'avoir profité des prétendues catastrophes, l'acheteur volé devient plus méfiant.

Aussi les déballeurs ont-ils depuis 2 ou 3 ans innové un nouveau moyen ; ils simulent une vente publique et arrivent ainsi à placer très vivement leur marchandise interlope, à la foule amassée autour de leurs tréteaux. Ces genres de vente sont défendues par la loi du 25 juin 1841 ainsi conçue :

ARTICLE PREMIER. — **Sont interdites les ventes en détail de marchandises neuves à cri public, soit aux enchères, soit au rabais, soit à prix fixe proclamé, avec ou sans l'assistance des officiers ministériels.**

Mais si clair que soit le texte, la difficulté consiste à savoir ce qu'est la vente a *cri public* et à prix fixe *proclamé*. Les agents, commissaires de police ou autres sont bien embarrassés, habitués qu'ils sont à entendre tous les jours à la porte de certains magasins, *crier publiquement et proclamer les prix.*

C'est que les mœurs ont bien changé depuis 1841 !..... Les aboyeurs des étalages extérieurs n'étaient pas connus, le législateur ne pouvait les prévoir ; il n'a voulu empêcher que la vente à l'encan où *un seul* vendeur vend un *seul objet* choisi par lui, à toute la foule à la vue de laquelle le dit objet était dérobé préalablement. En janvier et février 1898 deux timides et pauvres déballeurs essayèrent le nouveau truc à Boulogne ; dénoncés de suite par l'*Union Commerciale* ils ont été l'un et l'autre poursuivis et condamnés à la confiscation des marchandises et à 50 fr. d'amende.

Mais un peu plus-tard, un gros déballeur qui avait de la *monnaie* celui-là, devait nous réserver l'honneur de rendre un service signalé au commerce sédentaire de France en épuisant toutes les juridictions pour fixer définitivement l'interprétation de l'article premier de la loi du 25 juin 1841.

PROHIBITION

DES

SIMILI-VENTES PUBLIQUES

———•◦•———

Au mois de mars 1898, un déballeur nommé X..., loua
à Boulogne un magasin situé au milieu de la rue Thiers,
au centre de la ville. Là, il organisa une vente publique *à
prix fixes proclamés* qui dura près de deux mois. En présence
des réclamations qui lui furent adressées, la police intervint
mais le Commissaire Central, sur les rapports de ses agents,
ne sut pas établir de contraventions, ignorant de la loi,
ou plutôt ne l'ayant jamais vu appliquée, les policiers se
refusaient d'admettre qu'une vente publique pût être faite,
autrement qu'au rabais ou aux enchères, en dépit du texte
précis de la loi qui leur fut présenté. (Art. 1er de la Loi
du 25 juin 1841).

Et cependant, l'ensemble des faits relevés par l'enquête
caractérisait suffisamment une *Vente Publique* pour qu'il n'y
eût aucun doute.

D'abord la mise en scène :

Les locaux loués se composaient d'une boutique au fond
de laquelle une porte de communication donnait accès dans
l'arrière-boutique. Cette dernière, encombrée de marchandises
diverses servait de magasin, la boutique au contraire était
vide, c'était la salle de vente ; devant la porte de communication, une table posée sur des tréteaux, servait à la vente et
empêchait *l'accès du public dans le magasin proprement dit*. Aux
étalages quelques objets disparates placés sans ordre,
représentaient la diversité du stock mis en vente.

Collées sur le vitrage, à droite et à gauche de la porte
d'entrée, de grandes affiches annonçaient une Vente Publique
permanente de 9 heures du matin à midi, et de 2 heures à
5 heures du soir. La porte d'entrée démontée, la foule à

l'intérieur, la nudité de la boutique la fameuse table de vente au fond, derrière laquelle ou sur laquelle se tenait le vendeur, tout simulait à merveille une vente publique.

La mise en scène connue, voyons ce que faisait X....

D'abord la porte de la salle de vente ouvrait toujours longtemps après l'heure fixée ; les acheteurs, vrais ou faux attendaient sur le trottoir dehors ; le groupe se grossissait vivement des passants intrigués, aussi quand la vente commençait, était-ce une foule qui pénétrait dans la boutique, et comme le monde attire le monde elle ne désemplissait plus. X... placé derrière, ou sur la table en question et faisant face au public, se faisait passer de l'arrière-magasin un article de menue valeur : parapluie, canne, fume-cigare, etc... Après en avoir vanté les qualités il en estimait d'abord la valeur soi-disant réelle, puis, un prix beaucoup plus élevé qui était supposé être celui des commerçants sédentaires de Boulogne, enfin il proclamait son prix de vente, à lui, toujours de beaucoup inférieur aux deux autres. Il faut reconnaître d'ailleurs que ces articles très apparents étaient vendus souvent bon marché et nous allons voir pourquoi.

Quand après avoir vendu 4 ou 5 objets de petite valeur, il sentait son public chaud, à point, il mettait en vente un article de valeur élevée, une bague ornée de diamants, une montre, un service d'orfèvrerie... quelque chose atteignant quelques fois plusieurs centaines de francs. Emballé par les ventes précédentes un amateur quelconque, faisait la grosse acquisition, persuadé *d'avoir fait une bonne occasion.*

En réalité il en avait pour son argent et pas plus. Quand un article ne trouvait pas d'acquéreur X... sans le diminuer passait à un autre, quand au contraire il se présentait plusieurs acquéreurs, X.., le donnait au premier amateur et s'il le pouvait en faisait apporter d'autres semblables de l'arrière-boutique, qu'il distribuait au même prix. Il n'y avait donc ni surenchères, ni rabais ; prix fixe proclamé seulement. Et voilà comment en laissant à très bas prix de menus objets X... arrivait à vendre souvent à des gens qui n'en avaient nul besoin, des objets de luxe de prix élevés.

Les Commerçants de Boulogne représentés par l'*Union Commerciale* dénoncèrent ces faits au Procureur de la République et se portèrent partie civile par l'intermédiaire du *Syndicat des Bijoutiers* et de celui des *Marchands de Parapluies* commerces plus particulièrement touchés par les procédés de X... (on sait que le titre de Syndicat ayant été refusé aux sociétés autorisées de commerçants de différentes branches, celles-ci ne peuvent ester en justice et par conséquent se porter parties civiles elles-mêmes).

Cette plainte était basée sur ce fait que la vente publique était caractérisée :

1º Par la mise en scène ;

2º Par les affiches qui annonçaient une « VENTE PUBLIQUE » ;

3º Par le système de la Vente aux heures précises ;

4º Par le fait, que les marchandises mises en vente étaient soustraites préalablement à la vue du public ;

5º Que les objets étaient vendus, non sur la demande de l'acheteur, mais sur l'initiative seule du vendeur ;

Tous faits qui sont absolument en dehors des habitudes du commerce privé et qui au contraire, sont le caractère exclusif des ventes publiques.

X... avait déjà été poursuivi pour les mêmes faits à Vichy, condamné par le Tribunal de Cusset, mais il présentait un jugement de la cour de Riom qui cassait celui de première instance sous prétexte que les faits n'étaient pas suffisamment établis et le délit imparfaitement caractérisé.

Il paraît qu'à Boulogne, rien n'a manqué puisque le Tribunal à la date du 13 mai 1898, prononçait le jugement suivant :

Jugement en 1re Instance

———————— ✕ ————————

EXTRAIT de la feuille d'audience correctionnelle tenue publiquement le treize Mai mil huit cent quatre-vingt-dix-huit, par le Tribunal de première instance de Boulogne-sur-Mer.

Où siègeaient : Messieurs Debs, président, Bellet, juge, Hedde, juge suppléant, appelé pour l'empêchement des juges et du juge suppléant plus ancien, Martinaud, substitut du Procureur de la République, assistés de E. Petit, commis greffier assermenté.

Monsieur le Procureur de la République poursuivant 1° Monsieur Horel, marchand de parapluies ; 2° Le syndicat des Horlogers et Bijoutiers de Boulogne. Parties civiles jointes. Ayant Me Flament pour avoué.

Contre : X..., demeurant à Boulogne, rue Adolphe-Thiers, vingt-six. Inculpé comparant.

La cause portée à l'audience du quatre mai courant a été par suite de remise appelée à celle du 7 mai suivant :

A cette audience Me Flament, avoué, a déposé des conclusions signées de lui, et tendant à ce qu'il plut au Tribunal recevoir les concluants intervenants en qualité de parties civiles, et pour le préjudice causé, condamner le sieur X... à payer aux concluants la somme de cinq cents francs à titre de dommages intérêts et aux dépens.

Lecture donnée des pièces du procès, quinze témoins, dont six à décharge ayant prêté le serment de dire toute la vérité rien que la vérité, ont été entendus, le prévenu interrogé.

Me THOOR, avoué, a déposé des conclusions signées de lui et tendant au renvoi du sieur X... des fins de la poursuite sans dépens.

Me BILBOCQ, avocat, assisté de Me FLAMENT avoué, a développé les conclusions déposées par lui et conclu à la condamnation par corps du sieur X..., en cinq cents francs de dommages intérêts et aux dépens.

Le Ministère public a été ouï en ses réquisitions.

Mᵉ TOURNIER avocat a défendu le prévenu, a développé les conclusions déposées par Mᵉ THOOR, avoué, et conclu au renvoi du prévenu des fins de la poursuite sans dépens.

Puis l'affaire a été mise en délibéré pour le jugement être rendu à une audience ultérieure.

En cet état elle est appelée à l'audience de ce jour et le jugement suivant est prononcé.

JUGEMENT

Attendu que le prévenu comparaît devant ce tribunal sous la prévention d'avoir à différentes reprises, en avril mil huit cent quatre-vingt-dix-huit, à Boulogne-sur-Mer, vendu au détail des marchandises neuves, à cri public, soit aux enchères, soit au rabais, soit à prix fixe proclamé avec ou sans l'assistance d'officiers ministériels.

Attendu qu'il est résulté des débats à l'audience, que dans le courant d'avril mil huit cent quatre-vingt-dix-huit, X..., négociant à Paris, a vendu en détail à Boulogne-sur-Mer, des marchandises neuves, de diverses espèces dans un lieu dont l'accès était librement et généralement ouvert au public appelé par affiches et publicité.

Que ces marchandises étaient, avant leur exposition en vente, placées hors la vue du public, dans une dépendance du lieu ou s'effectuait la vente, et que celui-ci était disposé ainsi que le sont, non les magasins ordinaires, mais les salles de vente publiques.

Que X... présentait les marchandises successivement, annonçait alors à très haute voix d'abord la valeur réelle qu'il leur attribuait, le prix fixe ensuite, prétendument très réduit, auquel il les vendait.

Attendu que le Ministère Public et les parties civiles soutiennent que ces faits tombent sous l'application des dispositions des articles un et sept de la loi du vingt-cinq juin mil huit cent quarante-un, que le prévenu X... le conteste.

Attendu que cette disposition de la Loi en prohibant la vente de marchandises neuves en détail, à cri public, à prix fixe proclamé, a eu manifestement pour but la protection tant des acheteurs contre les surprises et les fraudes, dont ces combinaisons par la rapidité avec laquelle se font la présentation, l'annonce et l'adjudication pouvaient être l'occasion, que celle des marchands sédentaires dont les ventes faites en conformité de l'esprit et de la loyauté du commerce se concluent après libre examen de la marchandise par l'acheteur, appréciation réfléchie et correspondante du prix, sa discussion s'il y a lieu.

Attendu qu'il est certain que le législateur n'a pu vouloir protéger, mais prohiber au contraire, le genre d'opérations auquel se livrait X.... Que celui-ci en effet étant exclusif des procédés réguliers et d'usage entre vendeur et acheteur, se présente, bien que sans enchères, sous l'apparence de vente à l'encan sans la garantie du concours d'aucuns officiers publics « donne au marchand sur le point de faillir un « moyen trop commode de soustraire le gage de ses créan- « ciers, procure souvent l'écoulement de marchandises « provenant d'une pire origine et par la masse d'objets « qu'elle peut livrer à la consommation dans une seule « localité interrompt brusquement les relations commerciales « ordinaires du commerce de détail ». Rapport de Monsieur Hébert, à la séance du vingt-quatre avril mil huit cent quarante.

Attendu que l'esprit de la disposition fondamentale de la loi visée déterminée lors de sa présentation, par des motifs qui n'ont pas cessé d'être actuels et concluants, il est constant que les faits établis à la charge du prévenu tombent, sans aucun doute possible et qui lui serait profitable, sous le coup de cette disposition.

Sur les dommages intérêts.

Attendu que les parties civiles demeurant à Boulogne, y exercent, l'un, la profession de marchand de parapluies, les autres, d'horlogers et bijoutiers.

Attendu qu'il résulte des débats que des parapluies et des objets de la vente courante des horlogers et bijoutiers ont été vendus par X... et ce, en nombre important.

Attendu que si la détermination rigoureusement exacte du préjudice causé est impossible à défaut d'éléments certains, il est cependant manifeste qu'un préjudice ayant été causé, une réparation doit être allouée.

Attendu qu'il sera statué équitablement en fixant les dommages intérêts au minimum de ce qui peut être certaine-ment dû et en tenant compte de ce que, à la différence des horlogers et bijoutiers qui sont tous à l'instance par leur syndicat, Horel est le seul des marchands de parapluies de la Ville qui se soit porté partie civile.

Par ces motifs :

Le Tribunal : statuant tant sur les réquisitions du ministère public que sur les conclusions des parties civiles.

Déclare X... convaincu du délit qui lui est reproché, lecture faite par le Président des articles un et sept de la loi du vingt-cinq juin mil huit cent quarante-un portant :

ARTICLE PREMIER. — Sont interdites les ventes en détail des marchandises neuves à cri public, soit aux enchères, soit au rabais, soit à prix fixe proclamé, avec ou sans l'assistance des officiers ministériels.

ARTICLE SEPT. — Toute contravention aux dispositions ci-dessus sera punie de la confiscation des marchandises mises en vente et en outre d'une amende de cinquante à trois mille francs.

Condamne X..., par corps à deux cents francs d'amende, à trente francs de dommages intérêts à payer au sieur Horel, à deux cents francs de dommages intérêts à payer au syndicat des Horlogers et Bijoutiers et aux frais liquidés, ceux de l'Etat à trente-cinq francs quarante centimes, compris deux francs de droits de poste et ceux de la partie civile à seize francs quarante centimes non compris l'enregistrement du présent jugement. Prononce la contrainte par corps contre X.... En fixe la durée au minimum. Dit les parties civiles tenues des frais envers l'Etat sauf leur recours contre le condamné.

Lequel jugement a été rendu à l'audience correctionnelle tenue publiquement le 13 mai 1898, par le Tribunal de première instance de Boulogne-sur-Mer.

En marge se trouve la mention d'enregistrement suivante :

Enregistré à Boulogne (A. J.) le dix-huit mai mil huit cent quatre-vingt-dix-huit, folio cent, case vingt-une. Reçu dommages intérêts sept francs vingt centimes. Condamnation trente centimes. Décimes un franc quatre-vingt-huit centimes.

Signé : LEGAY.

Pour extrait conforme délivré par le greffier du Tribunal soussigné.

Signé : DEWISME.

COUR D'APPEL

ARRÊT DU 12 JUILLET 1898 (Douai)

CHAMBRE CORRECTIONNELLE :

Président : M. Desticker
Rapporteur : Mᵉ Thulliez.
Avocat Général : Mᵉ Teinturier.
Avocats : Mᵉ Camaret. (Du barreau de Paris).
Mᵉ Maillard.

La Cour donne acte à Monsieur le Procureur Général de l'appel par lui interjeté à l'audience et faisant droit sur les appels :

Sur l'appel de M. X.... Adoptant les motifs des premiers.

Sur l'appel du Ministère public,

Attendu que l'article 7 de la loi du 25 juin 1841, édicte que la contravention à ses dispositions sera punie de la confiscation des marchandises mises en vente.

Qu'il y a donc lieu de réparer cette omission du jugement.

Par ces motifs :

Confirme le jugement dont X... a interjeté appel et faisant droit à l'appel du Ministère public, prononce la confiscation des marchandises saisies.

Condamne l'appelant aux dépens dont les parties civiles seront tenues sauf leur secours.

COUR DE CASSATION

CHAMBRE CRIMINELLE

Présidence de Monsieur LŒW, Président

Audience du 13 Juillet 1899

Ainsi jugé par le rejet du pourvoi de M. X..., contre un arrêt de la Cour de Douai rendu le 12 Juillet 1898, au profit de MM. Horel et autres.

La Chambre criminelle, après avoir entendu le rapport de Monsieur le Conseiller Accarias, la plaidoirie de Mᵉ De Lalande, avocat, et les conclusions conformes de Monsieur l'avocat général Duboin, a rendu l'arrêt suivant :

La Cour,

Sur le moyen pris de la violation, par fausse application, des articles 1ᵉʳ et 7 de la loi du 25 Juin 1841, en ce que les faits relevés par l'arrêt ne contiendraient pas les éléments légaux de la vente à cri public et à prix fixe proclamé, prohibée par cette loi :

Attendu que le grief du pourvoi consiste à prétendre qu'il ne serait pas constaté en fait, que la vente en détail de marchandises neuves à prix fixes proclamé ait eu lieu à cri public ;

Attendu que le jugement, dont l'arrêt attaqué s'est approprié les motifs, constate expressément que X... a vendu en détail des marchandises neuves dans un lieu dont l'accès était librement et généralement ouvert au public, et que ce lieu était disposé, non comme le sont les magasins ordinaires, mais comme le sont les salles de ventes publiques ;

Attendu que le jugement constate ensuite que X..., en présentant ses marchandises, annonçait à très haute voix d'abord la valeur réelle qu'il leur attribuait, puis le prix prétendument très réduit auquel il les laissait.

Attendu que du rapprochement de ces deux constatations il résulte avec évidence que la proclamation du prix avait lieu publiquement ; qu'ainsi le moyen manque en fait.

Sur le moyen pris de la violation de l'article 7 de la loi du 20 Avril 1810, et de la fausse application des articles 1er et 7 de la loi du 25 Juin 1841, en ce que l'arrêt attaqué n'aurait pas répondu à des conclusions nouvelles prises pour la première fois en appel par le prévenu, et tendant à faire décider que les faits relevés à sa charge n'étaient pas punissables à raison de sa bonne foi et de la loyauté de ses opérations.

Attendu que les conclusions du demandeur en appel ne faisaient que reproduire plus explicitement celles qu'il avait déjà prises en première instance, que le Tribunal correctionnel de Boulogne-sur-Mer y avait répondu en expliquant les motifs pour lesquels les ventes en détail de marchandises neuves à cri public, soit aux enchères, soit au rabais, soit à prix fixe proclamé, ont été interdites ; que de ces motifs il ressort clairement que le législateur de 1841 a voulu prévenir les dangers inhérents à ces sortes de ventes, sans distinguer si en fait elles ont été frauduleuses ou loyales ;

Et attendu qu'en adoptant les motifs des premiers juges, la Cour de Douai s'est approprié leur réponse aux conclusions du demandeur, et dès lors n'avait point à examiner s'il avait procédé de bonne foi ou sans bonne foi ; d'où il suit que ce second moyen doit être rejeté comme le premier.

Par ces motifs, et attendu que l'arrêt est régulier en la forme.

« Rejette ».

Ministère Public contre X..., Y..., Z...

Extrait des Minutes du Greffe du Tribunal Civil de Boulogne-sur-Mer

Département du Pas-de-Calais

Monsieur le Procureur de la République poursuivant.

Contre X...

Inculpé comparant.

Y..., Gustave.

Z..., cité comme civilement responsable.

L'affaire portée à l'audience du six décembre mil huit cent quatre-vingt-dix-neuf. Vient par suite de remise à celle de ce jour à laquelle lecture donnée des pièces du procès, trois témoins.

Ayant prêté le serment de dire toute la vérité, rien que la vérité, sont entendus.

Mᵉ Thoor, avoué des prévenus, dépose des conclusions par lesquelles il conclut à ce qu'ils soient renvoyés des fins de la poursuite sans dépens.

Le Ministère Public est ouï en ses réquisitions.

Mᵉ Michaux, avocat, défend les prévenus, et conclut à l'indulgence du Tribunal.

Puis l'affaire est mise en délibéré pour le jugement être rendu à une audience ultérieure ; en cet état elle revient à l'audience de ce jour, à laquelle le jugement suivant est prononcé.

JUGEMENT

Attendu qu'il résulte des débats la preuve que les prévenus ont le six juin mil huit cent quatre-vingt-dix-neuf, à Boulogne-sur-Mer, rue de Lille et rue du Renard, ensemble et de concert, vendu en détail des marchandises neuves à cri public, soit aux enchères, soit au rabais, soit à prix fixe proclamé, avec ou sans l'assistance d'officiers publics.

Le Tribunal les déclare coupable du délit sus spécifié.

Lecture faite par le Président des articles un, sept, loi du vingt-cinq juin mil huit cent quarante-un, dont le deuxième porte.

Art. 7. — Toute contravention aux dispositions ci-dessus sera punie de la confiscation des marchandises mises en vente, et en outre d'une amende de cinquante à trois mille francs.

Les Condamne tous deux solidairement, et par corps, chacun en deux cents francs d'amende.

Les Condamne tous deux solidairement, et par corps, aux frais liquidés à seize francs huit centimes, compris l'enregistrement du jugement, et deux francs de droits de poste ;

Fixe au minimum la durée de la contrainte par corps, c'est-à-dire à quatre mois.

Ordonne la confiscation des seules marchandises saisies qui ont été mises en vente et l'objet d'une présentation à cri public, à l'exclusion de celles qui, destinées à être vendues, avaient été exposées dans ce but, les termes de l'article sept de la loi du vingt-cinq juin mil huit cent quarante-un étant restrictifs et ne pouvant être étendus.

Déclare X... civilement responsable.

Ainsi fait, jugé, prononcé à l'audience correctionnelle tenue publiquement le quinze décembre mil huit cent quatre-vingt-dix-neuf, par le Tribunal de première instance de Boulogne-sur-Mer.

Où siégeaient :

Messieurs Debs, Ch. Bellet, Boudry, juges ;

En présence de Monsieur Martinaud, substitut du procureur de la République ;

Assistés de E. Bloquel, commis greffier assermenté.

Signé : DEBS, CH. BELLET, BOUDRY et E. BLOQUEL.

En marge se trouve la mention suivante :

Enregistré à Boulogne (A. J.), le vingt-six décembre mil huit cent quatre-vingt-dix-neuf, folio trente, case sept. A récupérer un franc cinquante centimes, décimes trente-huit centimes. Timbre un franc vingt centimes.

(Signé) LEGAY.

Pour expédition conforme délivrée par le Greffier du Tribunal soussigné,

Signé : DEWISME.

RÉSUMÉ

Quatre procès engagés ! Quatre procès gagnés dont l'un confirmé en appel et en cassation. — Il n'y a plus d'hésitation à avoir, toutes les ventes publiques simulées doivent être dénoncées aux commissaires de police, et en cas d'insuccès aux procureurs de la République.

Le texte des jugements est précis, personne ne peut plus les discuter, il reste à l'UNION COMMERCIALE de Boulogne à remercier les sociétés et syndicats commerciaux qui l'ont aidée de leurs fonds dans le grand procès qu'elle a dû soutenir.

Ces sociétés sont :

Les Unions Commerciales de Cambrai, Cherbourg, Abbeville, Blois, Bolbec, Calais, Charleville, Dijon, Dinan, Douai, Dunkerque, Evreux, Grenoble, Lens, Lille, Marseille, Nantes, Reims, Roubaix, St-Nazaire, Sens, Valenciennes, Limoges, et la *Ligue Syndicale de* Paris.

C'est là de la bonne défense et de la bonne confraternité, c'est un exemple à suivre pour les procès ultérieurs.

N'oublions pas à l'heure présente que :

" L'UNION FAIT LA FORCE "

www.ingramcontent.com/pod-product-compliance
Lightning Source LLC
Chambersburg PA
CBHW061419170626
46811CB00005B/2043